早晨，是做決定的時刻，也是充滿幹勁和熱忱的時候；
是重建個人意志，讓人耳目一新的時刻；
更是出發，開啟旅程的時刻。

——加拿大作家蓋布爾‧羅伊（Gabrielle Roy）

獻給我的媽媽和大地之母，她們總是撫慰我，保護我。
——娜汀‧侯貝

獻給娜汀。
——冷沁

小野人 58

三葉草
Trèfle

作　　者	娜汀‧侯貝 Nadine Robert	
繪　　者	冷沁 Qin Leng	
譯　　者	葛諾珀	

野人文化股份有限公司
社　　長　張瑩瑩
總 編 輯　蔡麗真
主　　編　陳瑾璇
責任編輯　李怡庭
行銷經理　林麗紅
行銷企畫　蔡逸萱、李映柔
封面設計　周家瑤
內頁排版　洪素貞

讀書共和國出版集團
社　　長　郭重興
發 行 人　曾大福

出　　版　野人文化股份有限公司
發　　行　遠足文化事業股份有限公司
　　　　　地址：231 新北市新店區民權路 108-2 號 9 樓
　　　　　電話：（02）2218-1417　傳真：（02）8667-1065
　　　　　電子信箱：service@bookrep.com.tw
　　　　　網址：www.bookrep.com.tw
　　　　　郵撥帳號：19504465 遠足文化事業股份有限公司
　　　　　客服專線：0800-221-029
法律顧問　華洋法律事務所　蘇文生律師
印　　製　凱林彩印股份有限公司
初版首刷　2023 年 05 月

有著作權　侵害必究
特別聲明：有關本書中的言論內容，不代表本公司 / 出版集團之立場與意見，
文責由作者自行承擔
歡迎團體訂購，另有優惠，請洽業務部（02）22181417 分機 1124

國家圖書館出版品預行編目（CIP）資料

三葉草 / 娜汀‧侯貝 (Nadine Robert) 著；冷
沁 (Qin Leng) 繪；葛諾珀譯 . -- 初版 . -- 新北
市 : 野人文化股份有限公司出版 : 遠足文化
事業股份有限公司發行, 2023.05
　　面；　公分 . -- (小野人；58)
譯自 : Trèfle
ISBN 978-986-384-853-0(精裝)
ISBN 978-986-384-867-7(EPUB)
ISBN 978-986-384-861-5 (PDF)

885.3599　　　　　　　　　　112003426

Trèfle
Copyright © 2022, Comme des géants, Varennes, Canada
Translation copyright © 2023, Yeren Publishing House
This edition was published by arrangement with The
Picture Book Agency and The Grayhawk Agency.
All rights reserved.

野人文化
官方網頁

野人文化
讀者回函

三葉草

線上讀者回函專用
QR CODE，你的寶
貴意見，將是我們
進步的最大動力。

三葉草
Trèfle

娜汀・侯貝 Nadine Robert──著

冷沁 Qin Leng──繪

葛諾珀──譯

野人

第 1 章

青蛙還是蘑菇？

在群山與森林間的空地上，
住著一個小女孩，
名叫三葉草。

三葉草的家是個大家庭，
全家人一起生活在農場上。

農場上養了好多山羊，
就像三葉草也有好多兄弟姊妹。

這天早上，晴空萬里，
一家人開始忙活起來。

鳶尾，早安！
牡丹，早安！

「我們去採藍莓吧！」
年紀大的孩子說。

「還是我們去河裡撈貽貝吧！」
年紀小的孩子提議。

可是我比較想去
採蘑菇！

三葉草不知道怎麼選，
因為她統統都想去。

她常常這樣。

猶豫不決的她，杵在門口無法動彈。

走啦，三葉草！
跟我們去採蘑菇啦！

三葉草很想去採蘑菇，但就是踏不出腳步。

怎麼了，三葉草？
你不想跟我們去嗎？

「不是啦，不是這樣啦，」
這個家裡年紀最小的孩子回答，「我只是不知道選哪個好。」

我喜歡採蘑菇⋯⋯

⋯⋯可是我也喜歡
去河裡撈蜆貝、
看青蛙。

「那就去河邊吧！
你可以下次再去採蘑菇。
你知道嗎，三葉草，
不管你怎麼選擇，都不會錯。
只是不要讓別人幫你做決定。」

「嗯……」三葉草仍不確定地嘟噥著。

小女孩低頭想了想,
想起了青蛙歡快的歌聲。

決定了!
我要去河邊。

「好！我陪妳去！」
三葉草的哥哥說。

於是他們興沖沖地踏上
通往河邊的小徑。

第 2 章

冒險還是理智？

河水靜靜流淌，
孩子們都知道
哪裡可以找到貽貝。

他們踩進水裡，
撈起一個又一個貽貝，
放進大桶子裡。

三葉草就在一旁，
開心地跟青蛙玩。

突然間，
河邊灌叢中傳來一陣窸窣聲，
接著是小小的叫聲，
吸引了三葉草的注意。

出於好奇，
小女孩踏上河岸，走進灌叢中。

一隻小山羊
從灌叢裡探出頭來。

原來是你，牡丹，
你怎麼會在這裡？
是跟著我們來的嗎？

三葉草才往前走沒幾步，
小山羊就跳開了。

喂，等等！回來啊！
不可以一個人在森林裡亂跑。
你離農場太遠了。
牡丹，快回來！

小山羊比小女孩
更快更敏捷，
很快就消失在岩石間。

三葉草趕緊追上去。

當她追進森林深處，
不禁開始害怕了起來。

「如果跑太遠，我可能會迷路。」
她心想。

我應該折返，　　　……但如果留扛丹獨自在
找到回河邊的路……　　森林裡，會怎麼樣呢？

三葉草站在一棵高大的橡樹前，
不知如何是好。

小女孩走向大樹。
「大橡樹，幫幫我。我該繼續找牡丹，
　　還是回河邊找哥哥姊姊？」

三葉草張開她的小手臂抱著大橡樹，
把耳朵貼在樹幹上。

大橡樹，
請你告訴我。
我在聽。

大橡樹不發一語，沒給她任何建議，
只有樹皮散發著清香。

三葉草失落地鬆開了手。

橡樹雖然沒給她答案，
但他的存在還是撫慰了她。

我一定要找到牡丹！

小女孩深吸一口氣，
戴好帽子重新振作起來。

第 3 章

往左，還是往右？

三葉草繼續走向森林深處，
呼喚小山羊的名字。

牡──丹──！
你在哪裡？
牡丹，快回來！
我們一起回家。

後來，小女孩看到了地上的腳印，
便順著足跡走，
走著走著來到一個岔路口。

左邊的小徑上，
有通往小溪的足跡……

……而右邊的小徑上，
也有走向林中的足跡……

兩邊都是牡丹的小羊蹄留下的足跡嗎？

三葉草不確定。

她不知道該走哪一邊。

小女孩朝小溪走了幾步。

「好心的小溪，幫幫我。
我不知道該往左，還是該往右？」

三葉草趴在岸邊，
低頭看著水面。

小溪，
請你告訴我。
我在聽。

小溪不發一語，沒給三葉草任何建議，
只有水聲潺潺，清澈見底。

小女孩陷入片刻沉思。

儘管小溪沒給她答案，但溪水輕吟仍令她安心。
小女孩深吸了一口氣，
戴好帽子重新振作起來。

我要走右邊，
繼續往森林走。
牡丹一定在那裡！

第 4 章

向上，向後還是向前？

沒多久，三葉草就看見
樹下有一團顫動的毛球，
忍不住停下了腳步

「可憐的小鳥！你怎麼了？」
小女孩抬起頭，看見白楊樹上有個鳥巢。

喔！原來你是從
上面掉下來的。

女孩心想，
她該爬上樹把小鳥放回鳥巢，
還是該把牠帶回家照顧？
或者什麼也別管，
繼續上路找牡丹？

她抬頭望著白楊樹，
聽見風吹過樹梢的聲音。

「吹過葉子的風啊，幫幫我！
我不知道該拿小鳥怎麼辦……
還有牡丹，不知道牡丹怎麼樣了？」

三葉草猶豫不決，
躺在草地上。

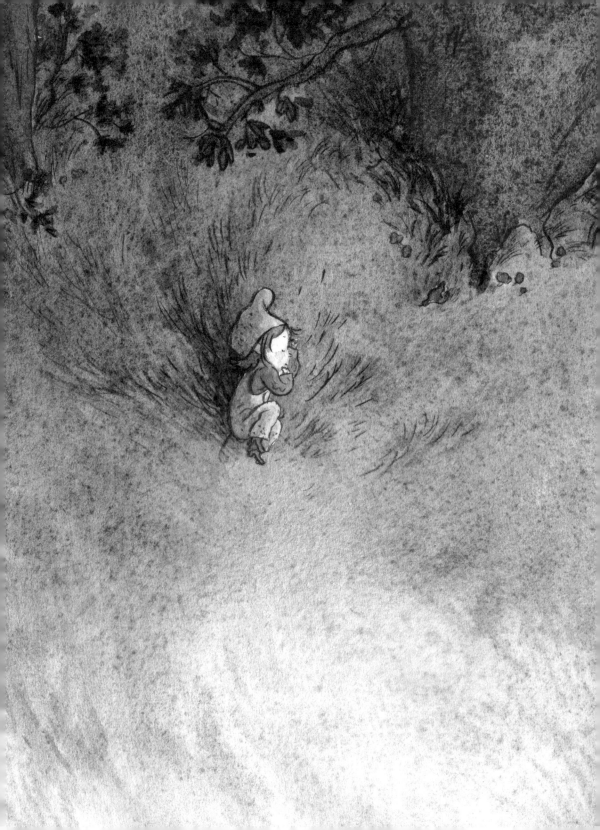

風不發一語，沒給她建議。

三葉草望著隨風輕舞的樹葉。

儘管風沒給三葉草答案，
但輕風吹拂仍鼓舞了她。

後來，小女孩內心有個聲音告訴她，
如果她什麼都不做，
小鳥肯定會被狐狸或黃鼠狼吃掉。

三葉草撿起小鳥
　放進帽子裡，
勇敢地爬上樹。

別害怕。
你很快就能
回到家……

然後，
我會爬下樹，
繼續去
找牡丹……

第 5 章

聽從理智，還是心？

將小鳥放回鳥巢時，
突然間，三葉草彷彿
聽見風捎來的聲音。

這次是真的。
傍晚的微風中，
傳來一陣隱約細語聲。

是熟悉的聲音，
還有小鈴鐺的叮鈴聲。

在逐漸擦黑的天色中，
用樹枝掛著燈籠的隊伍在林間前進。
自從三葉草離開河邊後，
哥哥姊姊就一直在尋找她。

在這小小的發光隊伍前面帶隊的，正是牡丹。

三葉草從高高的枝頭
看見他們，大喊：

牡——丹！
牡丹！
他們找到你啦！

「我們也找到你啦。」
三葉草的哥哥抬頭望向她。

你嚇死我們了！

孩子們在林間小徑上找到牡丹，
之後便繼續趕路，
心想三葉草一定就在不遠處。

幸好，
他們想的沒錯。

傾聽自己內心的聲音，
總會帶領我們到達要去的地方。

完